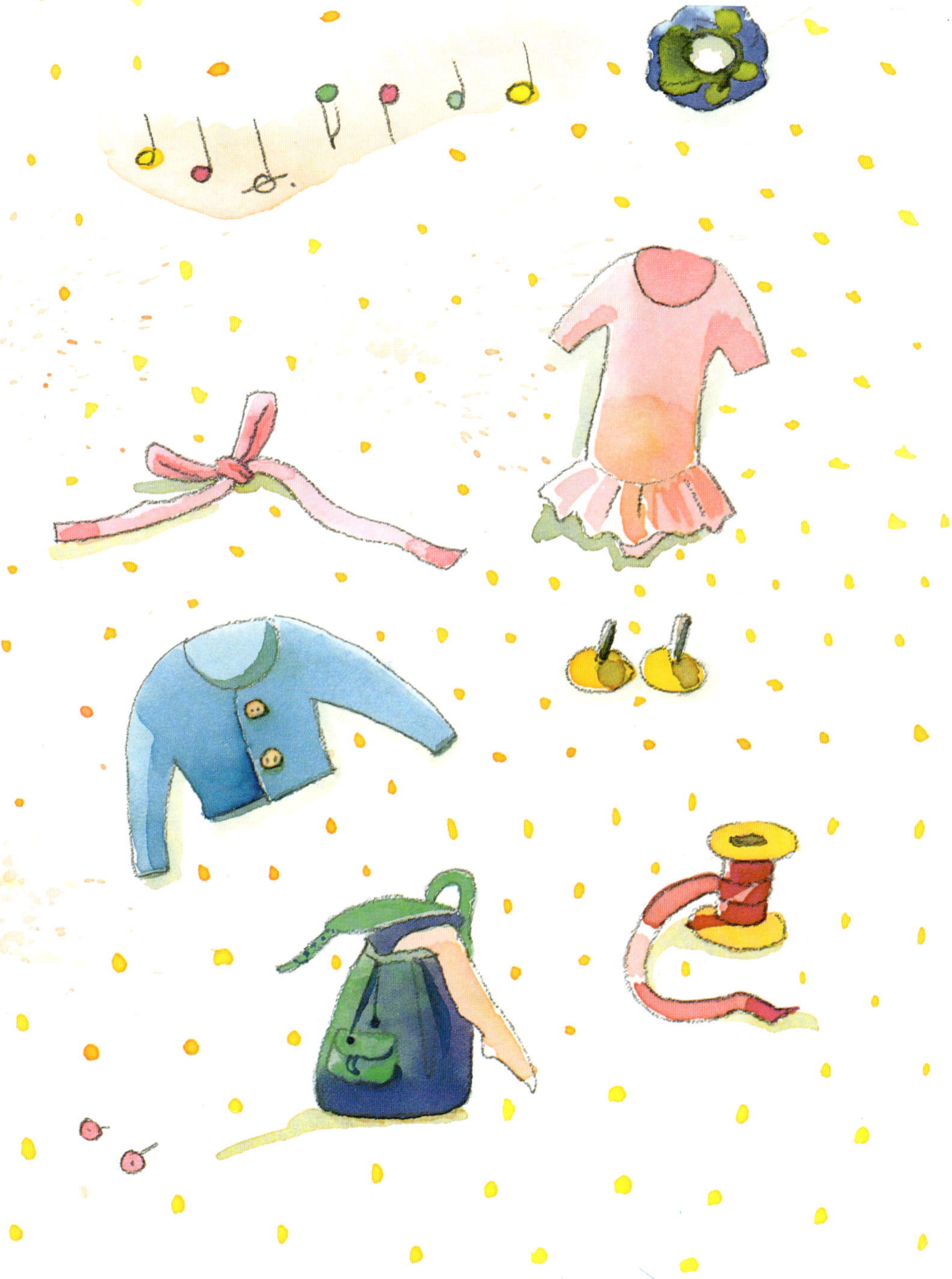

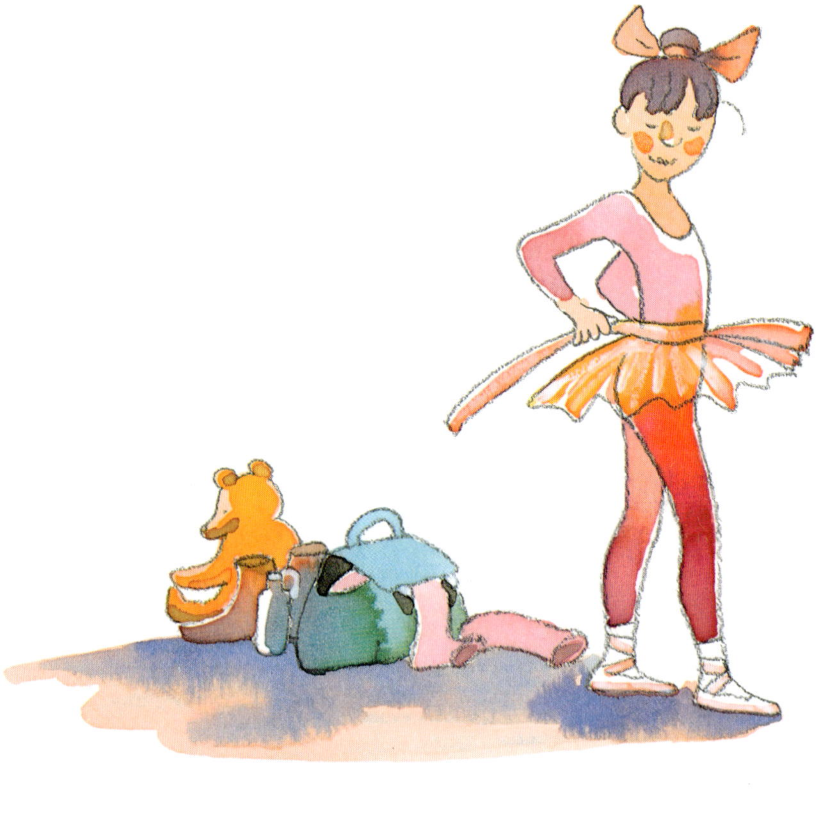

Elisabeth Zöller

Leselöwen
Ballettgeschichten

Zeichnungen von Charlotte Panowsky

Loewe

Dieses Buch ist auf chlorfrei gebleichtem Papier gedruckt.

ISBN 3-7855-3173-7 – 2. Auflage 1999
© 1998 Loewe Verlag GmbH, Bindlach
Umschlagillustration: Charlotte Panowsky

Inhalt

Brigitte meldet sich an 9
Annes erste Ballettstunde 16
Lisa spricht mit dem Körper 25
Leo hat Beine aus Pudding 35
Erste oder zweite Gruppe? 41
Till und der kleine Prinz 46
Tinkas Wunschzettel 55

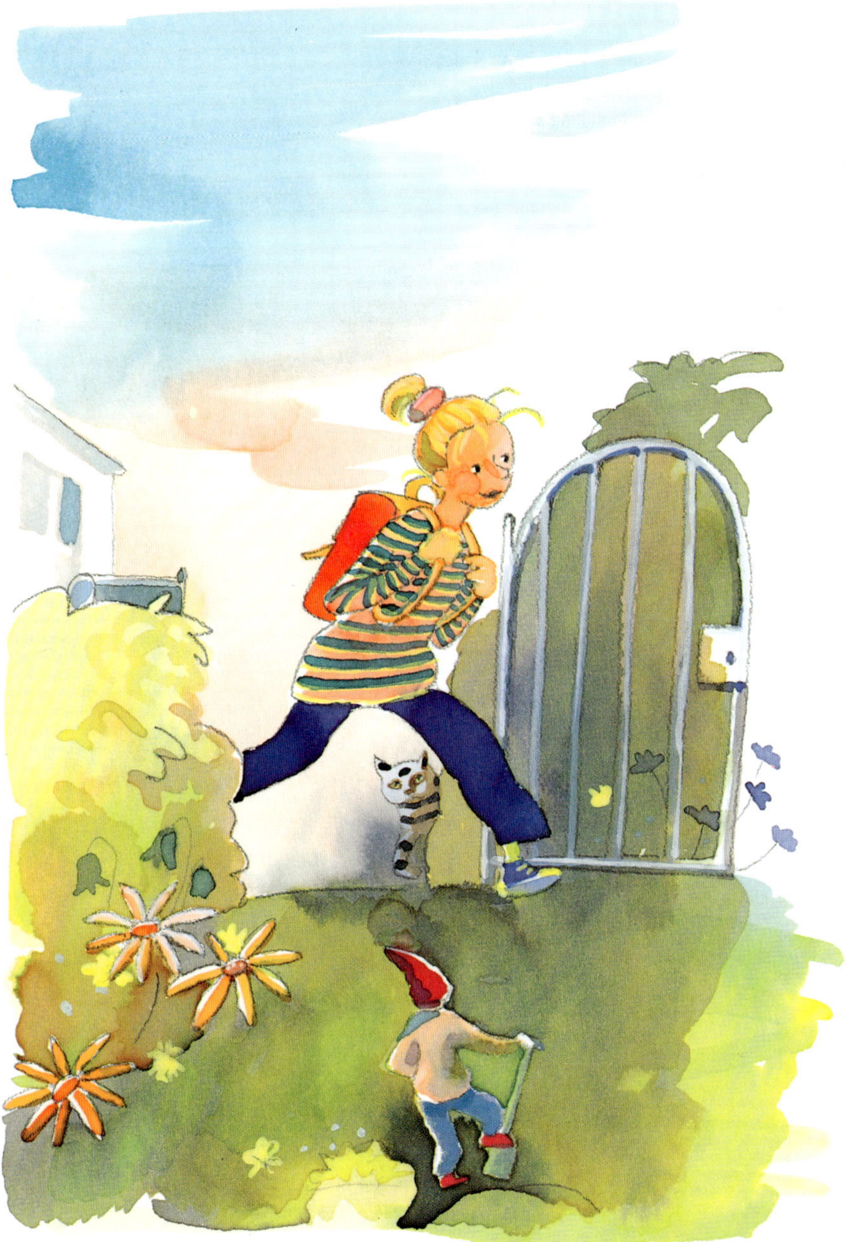

Brigitte meldet sich an

„Heute melde ich mich beim Ballett an", ruft Brigitte und rennt nach der Schule ganz schnell nach Hause. Den ganzen Morgen hat sie an das Ballett denken müssen. So aufgeregt war sie. Und beim Rechnen hat sie gar nicht hingehört.

Frau Lustig hat zweimal rufen müssen: „Hallo, Brigitte." Und alle haben gelacht.

„Macht nichts", denkt Brigitte. „Wenn man zum Ballett geht, macht das alles nichts." Wahrscheinlich will Brigitte nämlich Tänzerin werden. Das findet sie ganz toll. Und bestimmt kann sie gut tanzen.

Zu Hause macht Mama die Tür auf.

„Gehen wir gleich los?", fragt Brigitte.

„Nein, nein", sagt Mama. „Erst um fünf Uhr."

„Also noch fünf Stunden", seufzt Brigitte. „Das hält ja keiner aus!"

„Papa will schließlich auch mitgehen!", sagt Mama.

Stimmt! Daran hat Brigitte gar nicht mehr gedacht. Sie freut sich, dass Papa mitgeht.

„Und machen wir wieder ein großes Eisessen?", fragt sie.

„Klar", sagt Mama. „Zur Feier des Tages."

Das machen sie immer: Mama, Papa, Brigitte. Wenn etwas ganz, ganz Besonderes ist.

Um fünf Uhr gehen sie endlich los.

„Muss ich da vortanzen?", fragt Brigitte Papa auf dem Weg.

„Muss ich gleich meine Ballettschuhe anhaben?" Brigitte hat nämlich schon Ballettschuhe bekommen.

„Muss ich jetzt schon wie im Ballett gehen?" Sie balanciert auf Zehenspitzen wie die Tänzerinnen im Fernsehen.

Brigitte fragt Papa und Mama Löcher in den Bauch. So aufgeregt ist sie!

Da sehen sie an einem Haus ein Schild:

Ballettschule

Das muss es sein. Sie gehen hinein und sehen sich um.

Innen sieht es überhaupt nicht aus wie in einer Schule. Da sieht es fast so langweilig aus wie in Papas Büro. Der einzige

Unterschied ist, dass an der Wand Balletttänzerinnen hängen. Natürlich nicht echte. Nur Fotos.

Eine Dame sitzt am Tisch. „Eine richtige Ballettdame", denkt Brigitte. Sie versteckt sich ein bisschen hinter Mama.

„Wir wollen unsere Tochter bei Ihnen anmelden", sagt Mama. Dass die das einfach so herauskriegt!

„Willst du tanzen?", fragt die Dame Brigitte. Sie lächelt.

„Ich will, ich … will …", stottert Brigitte. Sie schaut zu Mama. Sie schaut zu Papa.

„Was denn?", fragt Mama.

„Zum Ballett!" Jetzt ist es endlich heraus.

„Das ist schön. Wie heißt du denn?", fragt die Dame.

„Brigitte."

„Und weiter?"

Brigitte sagt Name, Adresse, Mamas und Papas Namen und ihr Alter. Was die alles wissen wollen!

„Willst du schon mal hineinschauen? Jetzt ist gerade eine etwas ältere Gruppe drin."

„Au ja." Brigitte geht hinein. Es sieht alles sehr schön aus.

Aber da sind ja auch Jungen! Einer sieht fast aus wie der blöde Timo aus Brigittes Klasse. Hoffentlich ist Timo nicht hier. Der ist doch blöd bis zum Nordpol.

Zum Schluss druckt die Dame Brigitte einen Zettel aus. Mit einem echten Computer. Den haben die hier. Dahinein hat die Dame alles getippt, was sie von ihnen wissen wollte. Echt superschnell. Auf dem Zettel steht, zu welchen Zeiten Brigitte kommen muss. Und wie die anderen in der Gruppe heißen, die sich schon angemeldet haben.

Da sind Pia, Julius und Elias, Paul und Sarah. Gott sei Dank, nicht Timo!

„Jungen sind auch da?", fragt Brigitte. „Ballett ist auch für Jungen?"

Die Dame nickt.

„Klar", sagt sie. „Seit einigen Jahren kommen auch Jungen. Immer mehr Jungen."

Julius, Elias und Paul. Die Namen hören sich lustig an. Morgen ist schon die erste Stunde. Wie das wohl wird?

„Und jetzt gibt es ein Eis", sagt Mama.

„Freust du dich?", fragt Papa.

„Und wie!", sagt Brigitte. „Supertoll freue ich mich. Vor allem, dass der Timo nicht da ist. Und dass ich jetzt das supertolle Fruchteis bestelle. Mein Lieblingseis. Mmh."

Annes erste Ballettstunde

Heute ist die erste Ballettstunde. Anne rennt schon um Viertel vor drei los. Die Tür der Ballettschule ist noch zu. Sie wartet. Da kommt ein anderes Mädchen mit ihrer Mama. Und ein Junge. Anne schielt zu ihnen rüber. So richtig gucken mag sie nicht.

Die Tür wird geöffnet. Sie gehen in einen Umkleideraum. Wie in der Turnhalle beim Sport.

„Hast du auch ein Tutu?", fragt ein Mädchen Anne.

Anne schüttelt den Kopf. Sie weiß gar nicht, was das ist. Das Mädchen zieht ein kleines rosa Ballettkleidchen heraus und hält es ihr unter die Nase.

Anne hat nur ein hellblaues Trikot. Dabei fand sie das so toll. Mama hatte ihr extra ein hellblaues Trikot und hellblaue Ballettschuhe gekauft. Anne sieht nichts mehr, weil sie auf einmal Tränen

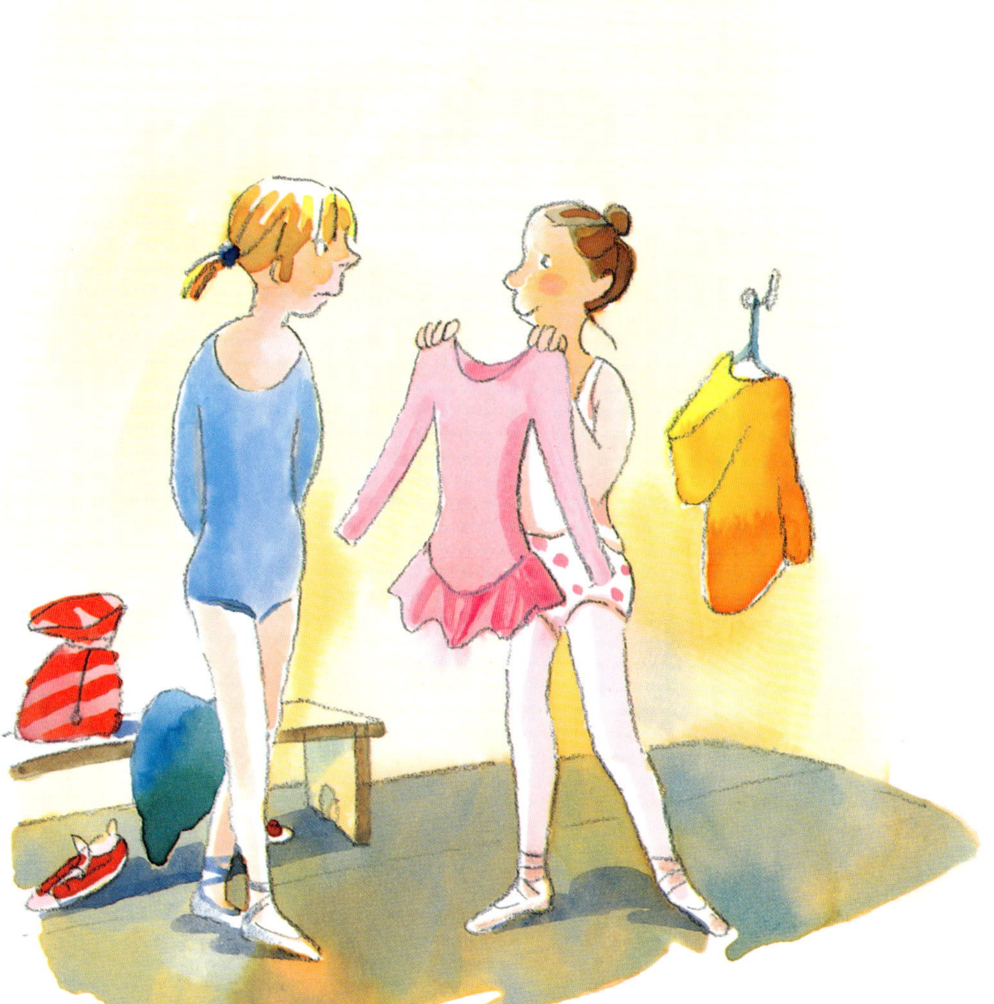

fühlt. Sie hängen wie ein Schleier vor den Augen.

Dann werden sie in den Saal gerufen. Da ist eine Wand aus Spiegeln. Zwei Stangen laufen entlang. Ein Mädchen übt und hält sich an der Stange fest.

Sie setzen sich als Erstes in einen Kreis, und alle sagen ihren Namen. Jetzt sieht Anne, dass nur zwei Mädchen ein Tutu anhaben – oder wie das heißt. Die anderen haben Trikots an wie Anne. Da wird Anne ruhiger.

„Wir machen uns erst mal weich", sagt die Ballettlehrerin.

Anne muss lachen.

„Aber ich bin doch ganz weich", rufen Nora und Janek fast zusammen. Alle lachen. Das hört sich wirklich sehr komisch an.

„Übungen zum Weichmachen", erklärt die Lehrerin, „sind ganz einfach. Ihr kennt sie bestimmt schon aus dem Sportunterricht. Wir machen mit langsamen Bewegungen die Muskeln warm und weich."

Jetzt versteht Anne. Sie müssen sich dehnen und strecken und einklappen und beugen und liegen. Das ist kullerleicht. Und schon geht's los.

„Wie lange machen wir uns noch weich?", fragt Nora nach einer Weile. „Weichmachen dauert ja ganz schön lange."

„Ich bin schon quabbelweich." Thomas kneift sich ins Bein. Aber es geht weiter.

Danach bewegen sie sich mit Musik. Langsame, schöne Musik – und das

Ganze fünfmal wiederholen. Sie stehen, sie gehen, sie schwingen. Sie sind mitten in der Musik. Das ist schön.

Anne sieht sich im Spiegel. Das ist toll im Ballettsaal, dass man sich an zwei Seiten sieht. Wie bunte Punkte schweben sie durch den Raum: hellblau, weiß, rosa.

„Jetzt rollen wir uns ein wie ein Schneeball", sagt die Ballettlehrerin. „Und wir rollen uns wieder aus, strecken uns und werden ein riesengroßer Schneemann."

Das machen sie: hüpfen und springen. Doch auf einmal wird die Musik ausgestellt.

„Für heute ist die Stunde zu Ende!", sagt die Lehrerin.

„Schon?", fragt Anne. Es war gerade so schön!

„Am Donnerstag machen wir weiter", sagt die Lehrerin. Und dann sagt sie: „Die Mädchen, die ein Tutu anhaben, tragen beim nächsten Mal ein einfaches Trikot. Zum Üben ist das besser. Und bei Aufführungen dürft ihr das Tutu wieder tragen."

Da schaut das Mädchen von vorhin – es heißt Tilda – ganz traurig.
Und als Jonathan dann sagt: „Das ist ja nur Angeberei!", rennt Tilda ganz schnell hinaus. Anne läuft hinter ihr her. „Tilda", sagt sie ganz leise.

Da dreht Tilda sich um. Die Tränen kullern. „Und ich hatte so gespart für das Tutu", sagt sie.

„Wenn du willst, leih ich dir von mir ein Trikot, ich hab zwei", sagt Anne. Sie mag Tilda auf einmal sehr, sehr. Sie legt den Arm um ihre Schulter.

„Echt?", fragt Tilda.

„Klar", sagt Anne. Und dann sagt sie hinterher: „Eben war ich so neidisch auf dich, da hab ich fast geweint, weil ich kein Tutu hatte."

„Komisch", sagt Tilda.

„Komisch", sagt Anne.

„Holst du mich beim nächsten Mal ab?" Anne zeigt ihr, dass sie direkt gegenüber wohnt. „Du kannst auch ein bisschen eher kommen."

„Au ja", sagt Tilda. „Tschüss."

Als Anne ins Haus läuft, ruft sie: „Es war ganz toll beim Ballett, mit Weichmachen, Musik und der Lehrerin, und ich hab schon eine Freundin. Tilda heißt sie."

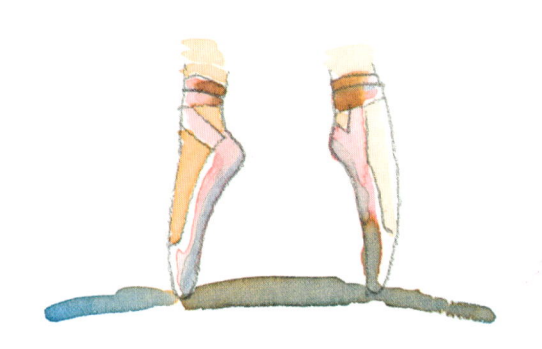

Lisa spricht mit dem Körper

Lisa hockt am Boden. Frau Lustig kommt herein. Sie schaut sich um. Dann sagt sie: „Ihr wisst ja, beim Ballett dürft ihr auf gar keinen Fall Schmuck tragen! Ihr dürft lange Haare nicht offen tragen." Dabei schaut sie zu Laura. „Natürlich darf man auch nicht mit Flatterröcken kommen."

Da müssen alle lachen.

„… oder mit langen Röcken." Helge macht Quatsch.

„Wer kommt denn schon mit einem langen Rock zum Ballett?", sagt Lisa und kichert.

„Das war früher schon üblich", sagt Frau Lustig. „Am Anfang des Balletts. Da mussten Frauen immer lange Röcke anziehen, damit man die Beine nicht sah. Und auch die Arme durfte man nicht sehen."

„Komisch", sagt Jonas. „Warum durfte man die denn nicht sehen?"

„Die Vorstellungen von dem, was man sehen durfte, haben sich halt geändert", sagt Frau Lustig.

„Gott sei Dank!", murmelt Laura. „In langen Röcken kommen! Das ist doch Blödsinn. Da kann man sich ja gar nicht bewegen."

„Und die Ballettlehrerin kann überhaupt nicht sehen, ob man sich richtig bewegt", ruft Helge.

„Stimmt", sagt Frau Lustig. „Also, jetzt wisst ihr, dass man Schmuck, Uhren und all diese Sachen beim Ballett nicht tragen darf."

Da läuft Jan ganz schnell hinaus und bringt seine Uhr fort, weil er die ja nicht tragen darf. Er bekommt dabei sogar einen roten Kopf. Das hat er nämlich nicht gewusst.

Und dann klatscht Frau Lustig in die Hände und sagt: „Jetzt geht es los." Alle wollen aufspringen.

„Noch nicht ganz", lacht Frau Lustig.

„Vorher wollen wir noch darüber sprechen, wie all unsere Körperteile heißen."

„Aber das ist doch kullerleicht", denkt Lisa. „Das wissen die anderen noch nicht mal!" Aber dann staunt sie doch ganz schön, was es alles gibt an ihrem eigenen Körper.

Natürlich weiß jeder, wo die Schulter ist. Kullerleicht. Und wo der rechte Arm ist, der linke Arm, das Knie, die Hüfte, das Schienbein und der Bauch. Das weiß doch jedes Baby!

Aber es wird ganz schön schwierig, wenn Frau Lustig fragt, wo der Spann ist, der Ballen, die Ferse, die Wade, der Ellbogen und die Rippen. Frau Lustig zeigt alles. Einiges muss sie erklären. Dafür hat sie ein Bild. Ein großes Bild. Darauf ist ein Mädchen, das sieht genauso aus wie Anne.

„Und warum muss man das alles wissen?", fragt Lisa.

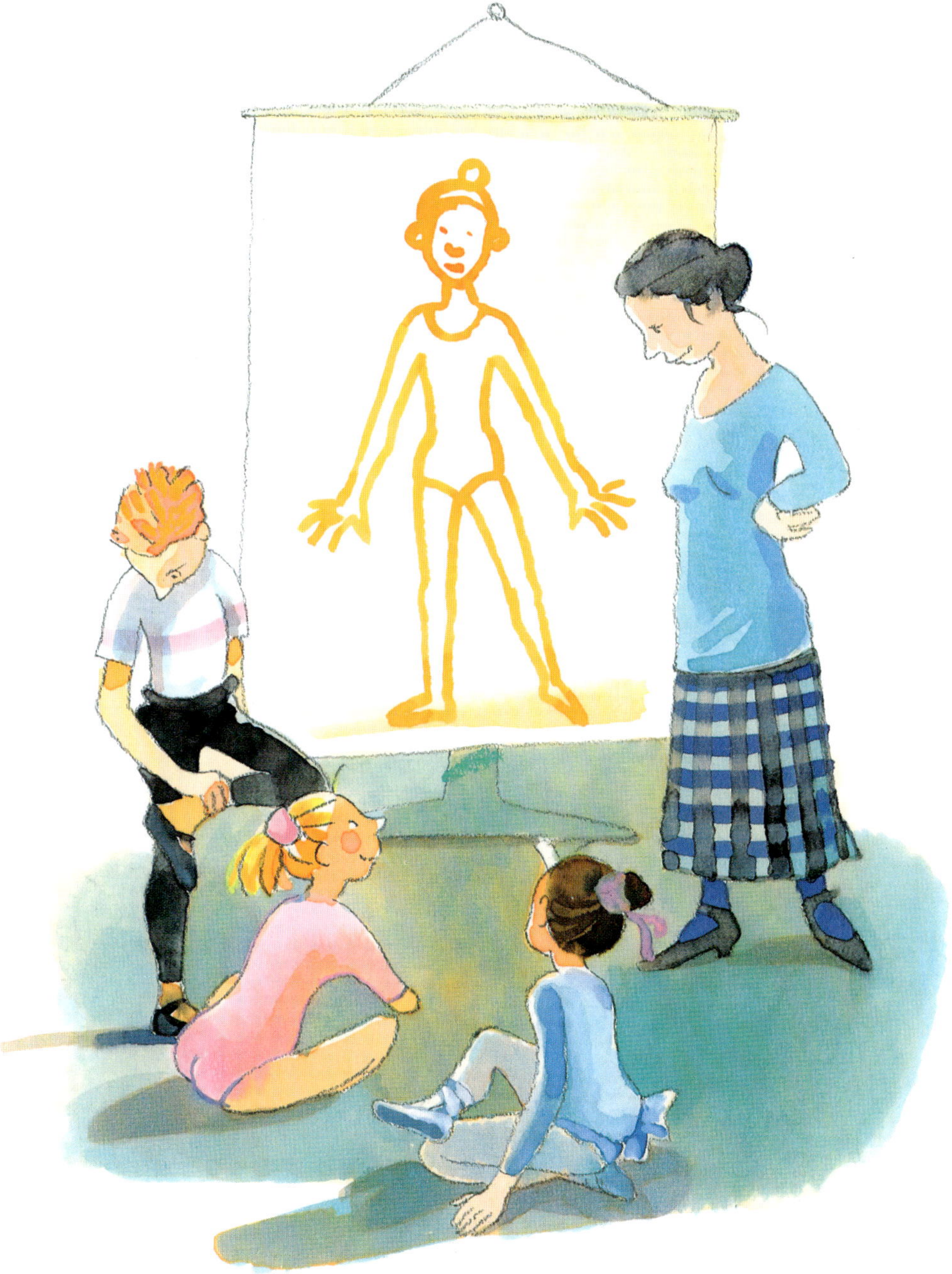

Frau Lustig überlegt. „Balletttanzen heißt mit dem Körper sprechen. Und dafür muss man ihn genau kennen." Das hört sich sehr, sehr komisch an. Mit dem Körper sprechen!

Am Schluss wissen sie alle Ausdrücke. Es war doch nicht so kullerleicht. Ganz schön schwer. „Pickepackeschwer", denkt Lisa.

Jetzt geht es aber wirklich los. Mit Weichmachübungen.

„Jetzt fangen wir an, mit dem Körper zu sprechen", ruft einer von hinten.

Frau Lustig guckt jetzt ganz streng. Sie passt genau auf, was alle machen. „Nicht mogeln!", ruft sie. „Wenn ihr von Anfang an die Bewegungen richtig macht, dann könnt ihr es nachher umso schneller."

„Mit dem Körper sprechen", sagt Lisa.
Und Frau Lustig biegt Jonas zurecht und Laura, Helge und Lisa. „Puh, das ist ganz schön anstrengend", merkt Lisa.

Aber Spaß macht es. Und zum Schluss kommt wieder die Musik, und da können sie sich drehen und hüpfen und tanzen, wie sie wollen. Toll ist das.
   Lisa rennt nach Hause und fragt als

Erstes ihren Papa: „Wo ist der Spann, Papa?" Das weiß er. Und dann fragt sie: „Und wo ist meine rechte Wade?" – „Und der Ballen?" Da zeigt Papa daneben.

Beim Ballett lernt man ganz schön viel. Und vor allem, dass man alles ganz genau machen und wissen muss. Und mit dem Körper sprechen lernt man. Das erklärt Lisa ihrem Papa.

Der überlegt. „Dann sag mal: ‚Ich bin traurig!'"

Lisa lässt den Kopf und die Schultern hängen.

„Sag mal: ‚Ich freue mich.'"

Da springt Lisa hoch.

„Eigentlich brauchst du gar nicht mehr hin", sagt Papa. „Du kannst ja alles."

„Nein", sagt Lisa. „Im Ballett lerne ich so eine neue Sprache für die Beine und Arme und alles für den ganzen Körper. Und damit kann ich dann noch viel, viel besser mit dem ganzen Körper sprechen."

Und sie streckt Papa das Bein hin, ganz hoch. Das kann sie schon!

Leo hat Beine aus Pudding

Leo muss heute zum Ballett. Am Mittag ist er allein zu Hause. Das ist mittwochs immer so. Mama arbeitet noch. In der Küche steht sein Teller mit Essen. Leo schiebt es in die Mikrowelle. „Zwei Minuten", hat Mama gesagt. Das Essen ist warm. Leo kann essen. Aber heute schmeckt es ihm nicht, obwohl Mama sein Lieblingsessen gemacht hat. Hühnerbein und Apfelmus. Leo schiebt das Essen weg. Am liebsten würde er nicht gehen, dabei hat er sich so gefreut auf das Ballett. Er ist müde.

Im Ballett fragt Frau Flieger: „Du siehst blass aus, Leo. Bist du krank?"

Leo schüttelt den Kopf. „Bin ich nicht."

Dann machen sie die ersten Übungen. Leo hat erst Beine wie Steine. Sie sind ganz schwer, und er kriegt sie kaum auseinander. Als sie die Positionen machen müssen, hat er auf einmal Beine wie Pudding. Wabbelige Zitterbeine.

„Wie geht das denn", denkt Leo, „dass man erst Beine so schwer wie Steine hat und dann auf einmal Puddingbeine, Zitterbeine?"

Sie stehen an der Stange. Leos Po zittert. Auf einmal zittert der ganze Leo.

„Wie ein Zittergaul", denkt Leo. Und dann dreht sich alles: der Raum, die anderen, der Saal. Die ganze Welt dreht sich.
Die Welt tanzt um Leo herum, immer schneller. Leo klammert sich an die Stange. Doch plötzlich lässt er los und fällt auf den Boden.

Frau Flieger fragt erschrocken: „Hast du dir wehgetan, Leo?" Sie befühlt Leos Stirn. „Du hast ja eine ganz heiße Stirn. Du bist krank, Leo."

Als Leo wieder klar sehen kann, sagt er: „Ich habe mich gerade gefühlt wie ein Pudding. Und wie ein alter, alter Zittergaul. Und wie ein Karussell. Alles auf einmal."

Da müssen alle lachen. Aber Leo ist gar nicht zum Lachen zu Mute, denn er hat Kopfweh, und er muss schwitzen und frieren und zittern. Das kann man alles zusammen, wenn man krank ist.

Frau Flieger sagt: „Leo, ich rufe jetzt deine Mama an. Sie wird dich abholen."

„Hoffentlich ist Mama schon da", denkt Leo.

Sie ist da. Mama verspricht der Lehrerin, ganz schnell zu kommen und Leo abzuholen.

Leo liegt auf der Bank. Frau Flieger hat eine Decke über ihn gelegt. Es ist ihm jetzt schon ein bisschen wärmer, und er muss auch nicht mehr so schwitzen. Die anderen machen weiter.

Da geht die Tür ein bisschen auf, nur einen Spalt. Das ist Mama. Sie lugt durch die Tür. Sie winkt Leo zu. „Da bin ich", ruft sie.

„Gut, dass sie da ist", denkt Leo. Denn wenn man krank ist und sich fühlt wie ein Pudding oder wie ein alter Zittergaul, dann ist es am besten, wenn man zu Hause ist. Einfach im Bett. Und dann ist es auch am besten, wenn man nicht tanzen muss. Dann ist es am besten, man bekommt Geschichten erzählt vom Tanzen, vom Ballett, von Dornröschen und von allem, was schön ist.

Und Mama legt einen nassen Lappen auf die Stirn und singt: „Heile, heile, Segen, es wird alles wieder gut …"

Erste oder zweite Gruppe?

Die ganze Ballettgruppe ist da. Heute schaut sich die Ballettlehrerin jeden Einzelnen genau an. Sie möchte sehen, wer in die zweite, die Fortgeschrittenengruppe, kommt – oder wer noch weiter die Grundpositionen üben muss.

Die Lehrerin sagt freundlich: „Nicht jeder kann alles. Das wisst ihr. Es gibt welche, die sehr schnell alles konnten. Es gibt andere, denen manches schwerer fällt. Die können dafür aber etwas anderes."

„Oh, hoffentlich, hoffentlich kann ich alles!", denkt Andrea. Vier Kinder sind schon fertig. Zwei machen weiter in der ersten, zwei kommen in die zweite Gruppe. Jetzt ist Andrea dran.

„Erste Position ... dritte Position, Plié ... Sehr schön!"

Andrea zittert richtig von innen. Dabei hat Mama ihr extra gesagt: „Andrea, es spielt doch gar keine Rolle. Tanz nur, so gut du kannst."

Andrea geht, als wenn sie versinken müsste. Sie zittert. Nein, Spagat kann sie nicht. Das stimmt. Andrea fühlt sich, als wäre sie hinter einer Glaswand, weit, weit weg von allen.

Sie hört hinter dieser Glaswand die

Stimme der Lehrerin: „Nicht jeder kann alles ...", und danach hört sie „erste Gruppe". Und als sie sich umdreht, streckt Dorothee ihr die Zunge raus. Dorothee ist doof. Die mag Andrea überhaupt nicht. Aber die ist in Gruppe zwei.

Ganz komisch fühlt sich Andrea, gar nicht lebendig. Und sie geht wie automatisch zu Marie, die auch in

Gruppe eins bleiben muss, und stellt sich neben sie. Da legt plötzlich jemand einen Arm um Andrea. Das ist Marie. Sie drückt Andrea ganz fest. Da drückt Andrea zurück.

Ob Marie auch so traurig ist? Bestimmt. Andrea schaut zu Marie. Marie zwinkert ihr zu. Da müssen auf einmal beide lachen. Auf einmal macht es Andrea fast nichts mehr aus. Sie steht da mit Marie –

und zusammen gehen sie wieder in Gruppe eins.

Als Mama Andrea abholt, fragt sie natürlich: „Wie war's?"

„Gut", sagt Andrea. Und dann erzählt sie alles. „Und Marie will auch zum Spielen kommen. Und dann üben wir."

„Toll", sagt Mama. „Ich freue mich, dass Marie kommt. Aber am meisten freue ich mich, dass du trotz der Enttäuschung wieder so lustig geworden bist. Das ist eine noch größere Kunst als das, was ihr getanzt habt."

„Vielleicht", sagt Andrea. „Vielleicht und vielleicht auch nicht."

„Andrea macht Quatsch", sagt Marie.

„Der eine kann dies, der andere das", murmelt Mama. „Nicht jeder kann alles."

Till und der kleine Prinz

Till ist heute ganz aufgeregt. Alle im Umkleidezimmer sind aufgeregt. Denn heute tanzen sie vor. Alles, was sie schon können, und eigentlich noch viel, viel mehr. Eine echte Aufführung mit Kostümen und allem. Eine Aufführung auf der Bühne.

Sie führen für ihre Eltern und Freunde den „Kleinen Prinzen" auf.

Wie oft haben sie das geübt. Wie oft ist der kleine Prinz auf die Erde gekommen, ist einfach so hineingetanzt und hat gesagt: „Ich suche einen Freund auf der Erde, einen echten Freund!"

Till ist ganz schwindelig, so aufgeregt ist er. Er steht dort mit einem weißen Turnhemd, einer engen dunkelroten Hose und einer goldenen gebastelten Krone auf seinem Kopf. Die Krone sitzt ganz fest, damit sie beim Tanzen nicht runterfällt.

Jetzt geht es los. Es ist ganz still im Saal, der Vorhang geht auf. Till schaut in ein grelles Licht. Das sind die Scheinwerfer. Und hinter den Scheinwerfern sitzen hundert und tausend Papas und Mamas und Omas und Opas und Tanten und alles.

Till tanzt nach vorne und sagt: „Ich suche einen Freund auf der Erde. Wo kann man einen Freund finden?" Der kleine Prinz muss sich umschauen und überall suchen.

Kurz darauf findet er einen Freund: den Fuchs. Susanne ist der Fuchs. Sie hat einen langen, buschigen Schwanz, den sie hinter sich auf der Bühne hin und her zieht. Der Fuchs und der kleine Prinz werden dicke Freunde. Und das geht so: Der Fuchs hat dem kleinen Prinzen erklärt, dass er ihn zähmen muss, dass sie jeden Tag einen Schritt näher zueinander kommen können. So geht zähmen. Und das machen sie jetzt vor.

Sie tanzen wunderbar.

Und immer wenn Abend ist in der Geschichte, kommen Katharina und Peter auf die Bühne und breiten ein großes dunkelblaues Tuch über die beiden. Das ist das Dunkel der Nacht. Und Katharina hängt einen Mond auf.

Und wenn Morgen ist, tanzen sie wieder auf die Bühne und nehmen das große blaue Nachttuch wieder weg. Peter nimmt den Mond mit.

Der kleine Prinz und der Fuchs, Till und Susanne, sind jetzt dicke Freunde. Sie stehen zusammen. Ganz eng. Fast gekuschelt.

Und trotzdem, der kleine Prinz hat noch eine Freundin, die Rose. Nach der sehnt er sich. Er erzählt, dass sie ganz weit weg lebt, auf einem Stern, von dem er kommt. Dahin will er zurück. Zu seinem Stern. Und zu seiner Rose.

Mathilde ist die Rose. Sie ruft ihren kleinen Prinzen. Mathilde kommt in einem Scheinwerferstrahl auf die Bühne. Da können sie alle die Rose direkt vor sich sehen. Und der Prinz geht hinter ihr her, immer einen Schritt nach dem andern. Immer weiter weg. Im Scheinwerferstrahl.

Er dreht sich nur noch einmal um, dann geht er weiter hinter der Rose her. Er ruft: „Tschüss, Erde, tschüss, Fuchs, tschüss, mein lieber Freund."

Dabei müssen alle anderen auf der Bühne den Kopf sinken lassen. Damit zeigen sie, dass sie weinen. Das hat Frau Blume so mit ihnen geübt. Der Fuchs, die Nacht, der Morgen. Alle lassen den Kopf sinken. Denn wenn ein Freund fortgeht, ist man traurig und weint.

Doch auf einmal steht Susanne auf der Bühne und weint echt. Katharina und Peter stehen daneben. Auch sie müssen auf einmal weinen.

„Komm schon", flüstert jemand. „Wir sollen auf der Bühne nicht weinen."

Die Musik ist zu Ende. Susanne, Katharina und Peter stehen immer noch da. Und Susanne weint, Katharina weint, Peter weint.

Alles ist still. Ein Zuschauer fängt an zu klatschen, dann noch einer. Schließlich klatschen alle.

Katharina und Peter schauen hoch. Alle klatschen.

Ein Vater steigt auf die Bühne und schüttelt Susanne, Katharina und Peter die Hand. Dann dreht er sich zu den anderen Kindern um und sagt ganz laut: „Das Beste war, dass ihr gezeigt habt, wie traurig ihr wart. Denn euer Freund, der kleine Prinz, ist weggegangen. Dann ist man traurig und weint."

Da schauen Katharina, Peter und Susanne hoch und freuen sich. Obwohl sie ja noch traurig sind. Sie freuen sich, weil alle das verstanden haben. Denn wenn ein Freund weggeht, ist man traurig. Auch auf der Bühne.

Tinkas Wunschzettel

Tinka ist jetzt schon ziemlich lange im Ballett. Sie kann schon eine Menge Schritte. Sie hat ganz viel geübt. Sie kann die Beinpositionen wie im Traum. Sie kann die Armpositionen wie im Traum. Sie kennt ein Plié und ganz viele andere, noch viel kompliziertere Sachen. Sie kann sogar schon fast einen Spagat.

    Da hat Tinka eine Idee. Sie macht einen Wunschzettel für den nächsten Geburtstag oder für Weihnachten. Für alle Fälle, Wunschzettel darf man immer machen. Und was wünscht sich Tinka?

Einen Fußwärmer, den kann Mama stricken.

Ein Tutu, wenn sie eine ganz tolle Ballettaufführung hat.

Ein hellblaues Trikot. Denn wenn man in den dritten Kurs kommt, müssen alle hellblaue Trikots haben. Und dazu will sie passende hellblaue Ballettschuhe. Ob sie das wohl alles bekommt?

„Ich will Tänzerin werden."

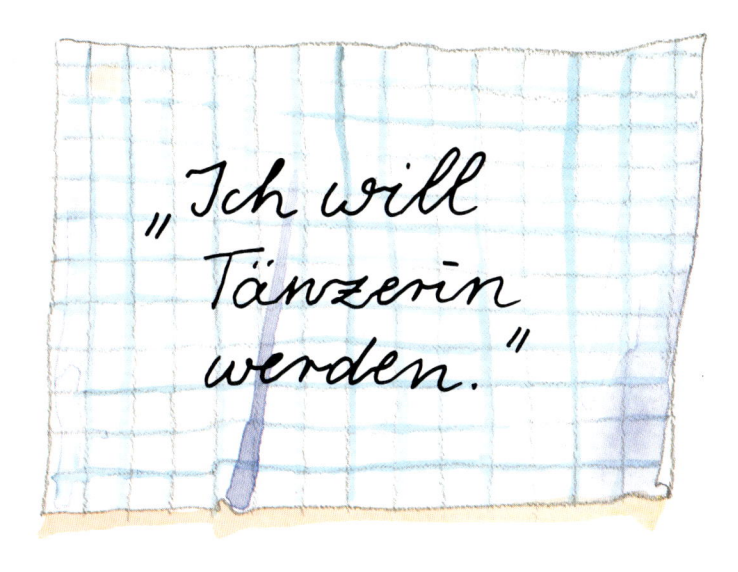

Doch sie hat noch einen ganz, ganz riesengroßen Wunsch. Den schreibt sie auf einen Extrazettel. Den darf keiner sehen! „Ich will Tänzerin werden." Das ist aber völlig und total geheim. So etwas kann man sich natürlich nicht zum Geburtstag wünschen und nicht zu Weihnachten!

Da liegt plötzlich vor Tinka eine Wimper auf dem Tisch. Tinka weiß, wenn man die Wimper auf den Handrücken legt, fortbläst und sich dabei etwas ganz doll wünscht, dann geht es in Erfüllung. Man muss es nur geheim halten. Tinka legt die Wimper auf den Handrücken und bläst vorsichtig. Die Wimper fliegt fort. Tinka wünscht sich etwas völlig total

Geheimes. Danach nimmt sie den Zettel, auf dem ihr Wunsch steht, faltet ihn ganz klein zusammen und versteckt ihn in der Schublade am Bett. Da findet ihn keiner, da bleibt ihr Wunsch völlig total geheim. Vielleicht, bis er in Erfüllung geht.

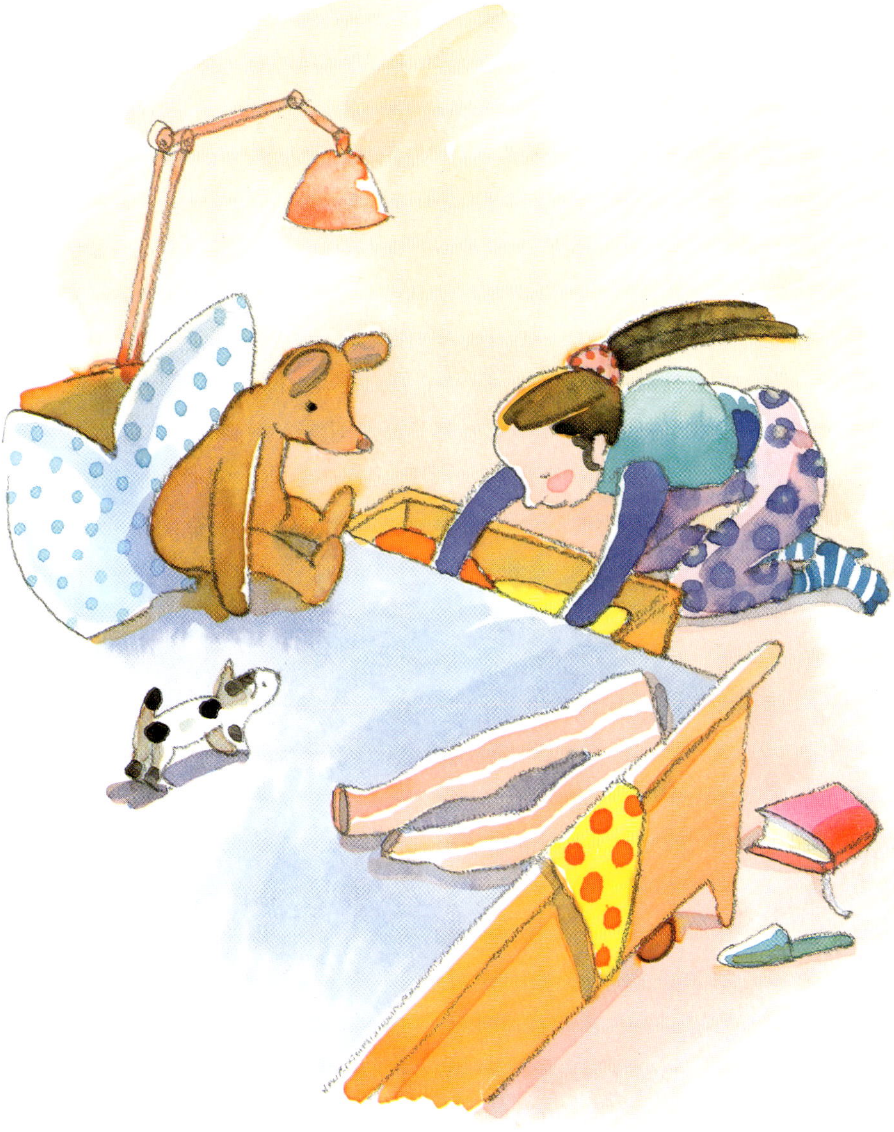

Elisabeth Zöller wurde 1945 in Brilon geboren, studierte Deutsch, Französisch, Kunstgeschichte und Pädagogik in Münster, München und Lausanne. Sie war 17 Jahre an verschiedenen Gymnasien tätig und begann vor einigen Jahren, Kinderbücher zu schreiben.

Charlotte Panowsky wurde 1953 in Simbach geboren. In München studierte sie zunächst Kunsterziehung und Kunstgeschichte und schloss dann 1979 ein Grafikstudium ab. Sie hat inzwischen zahlreiche Bücher für verschiedene Verlage illustriert, darunter viele Krimis.

Leselöwen

Der bunte Lesespaß

Loewe

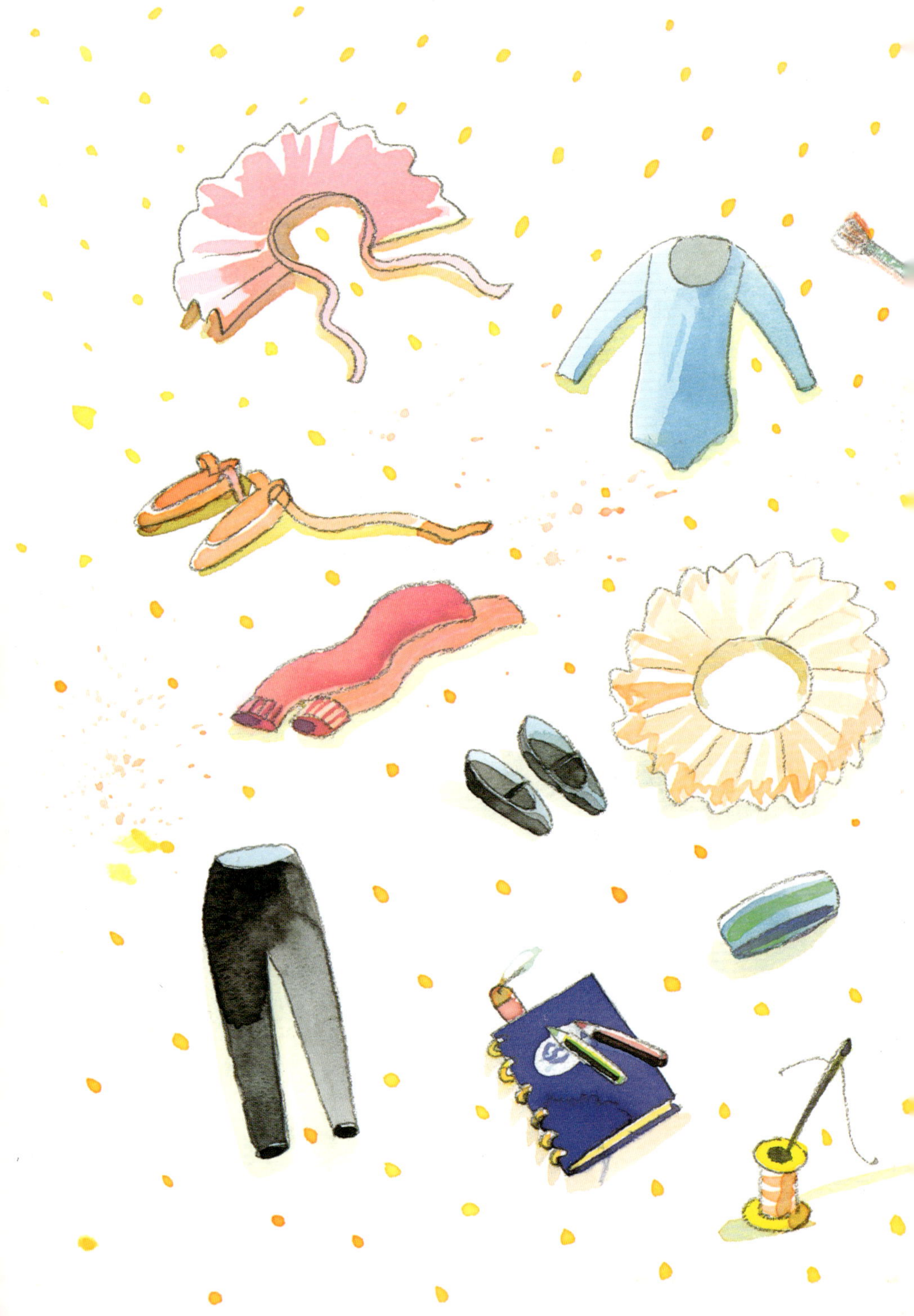